一个人的桃花源

诗画集

杨珊 ◎ 著

长江出版传媒 | 长江文艺出版社

图书在版编目（ＣＩＰ）数据

一个人的桃花源 / 杨珊著.-- 武汉 ：长江文艺出版社，2018.8
ISBN 978-7-5702-0509-7

Ⅰ. ①一… Ⅱ. ①杨… Ⅲ. ①诗集－中国－当代 Ⅳ. ①I227

中国版本图书馆 CIP 数据核字(2018)第 138169 号

责任编辑：谈 骁　胡 璇　　　　责任校对：陈 琪
封面设计：苗东方　　　　　　　　责任印制：邱 莉　王光兴

出版：長江出版傳媒 ｜ 长江文艺出版社
地址：武汉市雄楚大街 268 号　　　邮编：430070
发行：长江文艺出版社
电话：027—87679360
http://www.cjlap.com
印刷：北京市青云兴业印刷有限公司

开本：787 毫米×1092 毫米　　　1/24　　　印张：5.75　　　插页：2 页
版次：2018 年 8 月第 1 版　　　　　2018 年 8 月第 1 次印刷
行数：2448 行

定价：39.50 元

杨珊：一个人的桃花源

逢春阶

7月8日晚上，在河北省雾灵山中国作家创作之家见到杨珊时，我以为她是哪个老作家的女儿，陪着父或母来疗养呢。从微信群里，才了解到，人家不仅是作家、诗人，还是画家、中国武术协会会员、中国音乐文学学会会员呢。接着我看到了她的油画，还有她的诗作，我最喜欢的是《骑着云马看世界》：

"就这样 我驾着你 / 一起看世界 俯瞰整个世界 / 我 只是一株兰 / 你 却是一匹马 / 我 静谧 幽闭 / 你 奔腾 不羁 / 我们将是最好的拍档 / 世界有多大 取决于你的蹄 / 世界有多美 就在于我的馨 / 云无心以出岫 / 鸟倦飞而知还 / 归去来兮桃花源"

一起出去游览，散步，慢慢熟悉了。杨珊给大家拍照，角度找得独特，大家都喜欢她。而她呢，跳来跳去，是我们作家群里的开心果。

大约是第三个晚上，我们几个作家一起在小院子里纳凉。杨珊说，她要出本诗配画的书，书名就叫《一个人的桃花源》。

"如果你能看到风的翅膀，云的脚步；听到雨的心跳，花的歌声；感觉到树的叹息，鸟的惆怅，那么，我们的心在靠近……"这是跨界艺术家杨珊的心灵特写。

这次作家雾灵山疗养，可以带一名家属。杨珊说，我的家属就是我的宠物，但是通知规定，不允许带宠物。她好郁闷，只好将宠物狗寄存在宠物医院里。杨珊关注动植物，痴迷于自然之声，她说自己只是宇宙里的那一阵小小的风，与树为伴，与花为友，与大地同呼吸。若干年之后，这阵小风儿是否可以变成大风？它又将吹开多少花？吹绿多少树？于是，一不小心，脱口取个艺名：风儿！

近日，杨珊在网络上发布了大量的个人诗画集，好评如潮：

文艺名家：太棒了！诗清新，画清雅，听风阁内卧奇人！

传媒名人：诗画新风！

机器人工程师网友：我特别喜欢你的诗歌，第一次在群里看到你的诗歌，我就感觉你是佛祖赐到群里的。

美学界专家：之所以向大家推荐这样一位不知名的年轻画家的画作，就是因为这些作品都是从作者的内心而来的，她们带来了作者的气质、秉性，带来了作者的修养、品行，甚至带来了作者的味道和体温。看起似简单，但也淳朴；不像实物，但也真诚；不那么热烈，也不乏温馨；不那么古，也不那么新；无所谓古，也无所谓新……

艺术爱好者：你写得真好，我仿佛听到自己的心跳。

诗词爱好者：明明是现代诗歌，却流淌着古典诗词的韵味。

疗养十天匆匆过，告别的前夜，我们喝了点酒，一端酒杯，暴露了我的酒徒本性。让杨珊逮个正着。还是在院子里的石桌上，杨珊很郑重地将一个青涩的梨子，递给我。她说："逢兄，你这写小说的，我从这梨园里，找了一个最大的梨，送给你，这个梨子有超自然的能量，里面有果蝇，它能帮助你写出好的小说。"她还给我上了一堂科普课，让我认识了果蝇，果蝇喜欢在腐烂水果上飞舞，实际上它喜欢的是腐烂水果发酵产生出的酒，所以酒发酵池前也会招引来很多果蝇，古希腊人称果蝇为"嗜酒者"。她还即兴对着石桌上的梨子说出了自己的巧妙构思。她还为果蝇写了一首歌呢，翻出手机，找出来，我们一起欣赏。好厉害的女子，原来她把我当成"果蝇"了。

看到我和胡进兄凸出的啤酒肚，杨珊说，你们得锻炼，修炼；然后是陈氏太极、杨氏太极，说得头头是道。原来，她的武术协会会员，是打太极打出来的。末了，杨珊顺手教给了我们几个简单的健身动作。

这个来自福建的女子着实了得！让人刮目相看。让我们一起看她的诗、她的画……

2017 年 7 月·山东

4

目录

一个人的桃花源

诗画集

我在桃花源等你……

祭语风中

一个人的桃花源 诗画集

那么多的话

那么多的愿望

来不及说

无从说起

伫立风中

我一次次地仰望天空

呼喊　呼唤　呼喊　呼唤

那一盏盏孔明灯

来自我的身体

从我咽喉　向外推送

这一盏盏孔明灯

不只是祈福寄语

而且是

许许多多放灯人的内心

无法疗愈的痛　无法抵达的愿

油画《祭语风中》 （2016 年）

骑着云马看世界

就这样　我驾着你

一起看世界　俯瞰整个世界

我　只是一株兰

你　却是一匹马

我　静谧　幽闭

你　奔腾　不羁

我们将是最好的拍档

世界有多大　取决于你的蹄

世界有多美　就在于我的馨

云无心以出岫

鸟倦飞而知还

归去来兮桃花源

油画《骑着云马看世界》　（2016 年）

别时容易

一个人的桃花源　诗画集

玫瑰再甜蜜　也有它的期

当第一片花瓣悄然离去

一切成全命定

当第二片花瓣挣脱离去

一切成为定局

当第三片花瓣欲追随而去

一切已无可挽回

生命里有太多的无奈

无非别时容易见时难

油画《别时容易》（2015 年）

向月葵

梵·高用他的色彩

画下狂热而孤寂的向日葵

他的视界没有向月葵

他根本不知道它的存在

也没有人告诉他

甚至　上帝都未能给他启示

他注定献祭撒旦

向日葵是祭坛上的火焰

一团团地燃烧

而向月葵则是其灰烬后的重生

它是幽静　禅定

油画《向月葵》（2015 年）

明，神明

明，明媚

明，光明

明，似烟花在暗夜璀璨

明，是烛光在灵魂闪耀

明，日月合体永恒的倒影

油画《明》（2017 年）

有绿菊的月夜

没想到　还有绿菊　绿色的菊花

在那样的一个月夜

它和绣球　满天星　含羞草携手钻进我的花瓶

那个夜晚　我吹灭了蜡烛　切了蛋糕

那个夜晚　浓云遮月　秋风乍起

那个夜晚　送花人陪我放生了一只刺猬

夜很深　林木森森　第一次涉足的荒地

走着　找着　就在最幽暗的深处

小刺猬　安全了　自由了

次日返回原地　惊愕不已

那一座座坟冢　吓我一身冷汗

……翌年　我最牵挂的一只老狗埋在了那里

……又　翌年　那里被改造成公园

——历史的舞台拉上了帷幕

——只剩下《有绿菊的月夜》

油画《有绿菊的月夜》（2016 年）

春天的记忆

在四季分明的北方
春天　清晰可辨
杏花　迎春花　玉兰花　海棠花等等
你方唱罢我登场
衬托它们最美的永远是清澈的蓝天
可是　蓝色又有与生俱来的忧悒气质
由此春天与情殇结下不解之缘
是泪痕　泪滴　还是种种斑驳的泪迹
然而　花　依然我开我素　我守我时

油画《春天的记忆》

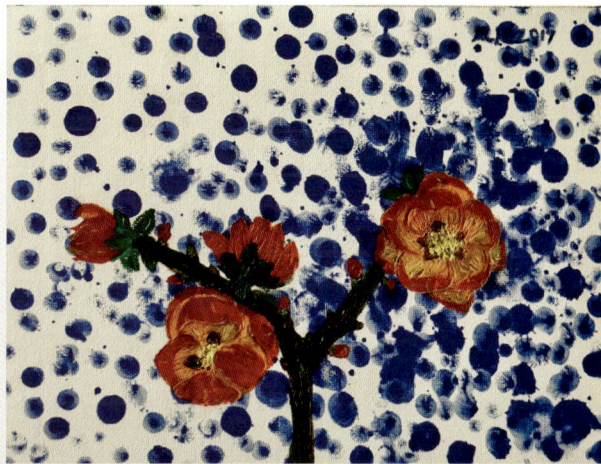

生命进行时之

草的际遇·花的轮回·果的因缘·叶的涅槃

有时候　你就是一棵草　一棵小草

无休止地等待　等待　等待

就为了与某个心灵的一次邂逅

或是美学家的另类品赏

或是诗人的一句赞叹

或是摄影师的一次眷顾

或是园艺师颠覆性的重塑

而每一个际遇都非偶然

欣然接受来自造物的安排

有时候　你就是一朵花　一朵无名小花

自开自灭

也无风雨也无晴

鉴于大地雨露的供给

心安理得

换之　以色彩与芬芳回馈大地

仅此

油画《生命进行时》之

《草的际遇·花的轮回·果的因缘·叶的涅槃》（2016 年）

即使前世出自名门

都与今生无关

即使后世转轮一枚卵石

都与今生无关

生生世世不挂碍　自然而然

天地因缘成就了你　一颗果

成长中　你的身边

无数的兄弟夭折了

无数的姐妹夭折了

换来了　你的饱满圆润

太极之道　宇宙至理

穷尽一生的光阴

追索终极意义

多少生离死别

多少喜怒哀乐

凝视一颗果

它的重量堪负一个星球

如果注定你　只是一片叶

那就尽职吧

毕竟　配角也必不可少

戏剧中配角的寿命往往短促

然而

自然界　配角的生命几乎长过主角

一旦了悟

林林总总的困惑　迎刃而解

生活　只剩下　修行

无论终结的那一天　何时到来

涅槃　静候

凤凰涅槃　浴火重生

去日留痕

逝者如斯夫　不舍昼夜

每一个人　每一个走过的日子

必然会留下痕迹

它与记忆　不同

记忆难免携带主观性

而那些　存在过的痕迹

总是　随即出现　随后消失

攒三聚五　纸片般遁入天地

只是生产者　鲜少自知

它们都去了哪儿

第几度空间

是一片波澜壮阔的混元能量场吧

总在日升日降的时刻

完成诸种元素的　阴阳转换

油画《去日留痕》（2016 年）

未央

2017 年新春　新工作室启用

凡事随心所欲　不做刻意安排

因巧遇花贩　于是便有了迎新的内容

沙漠玫瑰　倒挂金钟　睡莲　紫色风信子等等

这些从未侍养过的植物进入了我的田野

我的田野　起初只有精神草木

从成活到展露笑靥　我们相濡以沫

作为园丁　我无怨无悔

作为闺蜜　我意犹未尽

我们谈长乐未央

我们谈千秋万岁

我希望她们嵌入汉代铜镜

我希望姐妹们都能永恒不朽

可　每一朵花　终究只能是生活的过客

但　相信因缘际会

我的姐妹们　必定修镀金身成为佛堂上的供养

油画《未央》（2016 年）

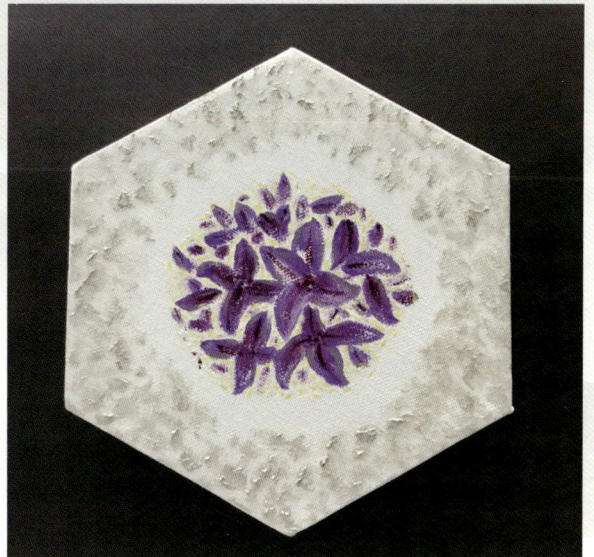

等待雨是伞的宿命

如果生来你就不能成为自己

如果生来你必须替他人挡风遮雨

那么　你的诞生　已然被赋予了使命

历数史上的伟人　无一不是肩负使命

你虽然只是一把伞

但千百年来

你的使命塑造了　你的伟岸

一把伞的使命　承载着人世的温暖

一把伞的宿命　承担着人世的寒凉

你冷峻的表情　又掩藏着多少不言之言呢

油画《等待雨是伞的宿命》（2016 年）

蘑菇的生存哲学

蘑菇的家族谱系十分庞大

森林落叶地带是它们最完美的家园

无论是生长　分布　还是体征

它们都像是奇幻小说里的精灵

当然　它们也分正义的　和邪恶的

有一种夜间发光的绿蘑　即是蘑界传奇

蘑菇拥有精灵般的智慧

它们神出鬼没　天地通灵

它们不卑不亢　永葆童心

它们与世无争　随遇而安

小小身体　大大能量

油画《蘑菇的生存哲学》（2016 年）

似曾相识燕归来

无可奈何花落去

生命中常有不由自主　手足无措的境况

只要坚持　固守

只要笃定　不挠

太阳照常升起　苦尽　甘来

看　小窗外　柳芽吐新绿了

听　屋檐下　旧年的燕子呢喃起了新曲

满目春光　正婆娑起舞

油画《似曾相识燕归来》（2016 年）

何处秋风至

秋天的感觉　总是不期而至

当夏夜的晚风　突然变得微凉

我知道　西山的枫叶已经开始描眉抹粉

我知道　北半球的候鸟即将整装待发

大地阳极生阴　万象负阴抱阳

想到唐代的《秋风引》——

朝来入庭树　孤客最先闻

油画《何处秋风至》 （2016 年）

背影

行旅中　没有人可以同时看见自己的背影

生活中　又有多少人留意自己的背影

工作的你

赶路的你

观光的你

闲步的你

……如此

你构成了浮世的形态

你成为了风景的一部分

其实　真正的意义也仅是一个思考

"我"与宇宙的关系

你　抽离　你自己

你　审视　你自己

你获得了沉静　娴静

万物静观皆自得　四时佳兴与人同

可不　背对这个世界　从未有过的安宁

油画《背影》（2014 年）

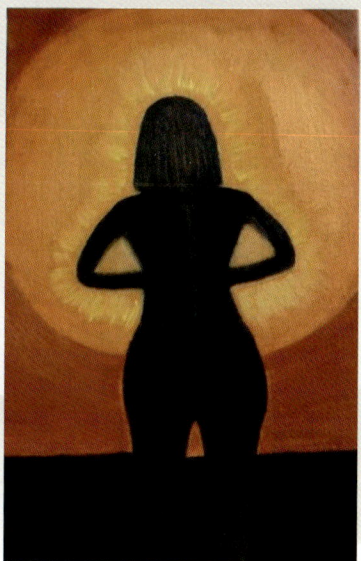

花落莲成

花卉界

大概只有荷花　可以自己完成自己

荷花生来　即是美德的代言

诗词歌赋　笔墨书画　千古传颂

我愿是一朵荷

花开莲现　落花成莲

从翠绿　到乌黑

它悄无声息地　酝酿着

圣果

为　众生　所用

油画《花落莲成》（2015 年）

起风的夜晚

在暮色微合的一刻

起风了

风铃　复活了

所有的树　开始歌唱

所有的花　开始摇曳

连窗门　都变得不安分

我的灵魄也按耐不住

出窍了

追随一道光

一个黑洞　连着　地心

我一路足尖　跃向　天鹅湖

油画《起风的夜晚》（2013 年）

蒲公英的情怀

每个少女

梦田里　都停驻着一朵蒲公英

撑着小伞去旅行的　蒲公英

白白的花环　雪样的纱裙

梦幻　而青涩的　眼神

眼神里　盈满粉绿的期待

期待里　布满轻灵的情思

油画《蒲公英的情怀》 （2016 年）

另一种绽放

谁说绽放　属于花朵

谁说花瓶　只能插花

谁说焚香　必须入寺

花花世界　心生三炷香

戒　定　慧　三炷香

觉悟者　无处不佛堂

觉悟者　无处不明光

油画《另一种绽放》 （2014 年）

时间之谜

宇宙之谜　成百上千

唯有　时间　关系人人

从出生到死亡　弹指一挥间

从死亡到出生　不解之谜

天　人　阿修罗　畜生　饿鬼　地狱

抑或　佛　菩萨　缘觉　声闻

超越轮回的存在

就潜藏在　浩瀚的　心性深处

油画《时间之谜》（2016 年）

青青子衿

是谁动了她的凡心
是《诗经》中的他吗
还是《短歌行》里的他呢
这样一位女子　在我的梦里出现
这样一位男子　在她的梦里出现
她的手透露了　她的心事
她召唤　她挥别
但　为　君　故
她献身给　他
他　是谁　到底　是谁
不　不不
他　只是　古诗中的"青青子衿"
她那硕丰的臀部　未曾释放

油画《青青子衿》（2016 年）

一帆风顺

明明是叶　却力争花坛一席

有些花　献媚取宠　你不屑

有些花　攀龙附凤　你鄙薄

有些花　敷粉施朱　你轻蔑

有些花　人面兽心　你憎恨

与其　竹林会七贤

不如　劈波斩浪赴梁山

一帆风顺　以叶代花　问鼎中原

一帆风顺　风正一帆悬　潮平两岸阔

油画《一帆风顺》（2014 年）

春姑娘悄悄来了

跨越荒烟蔓草　你来了
你来的时候　小手冰凉
你把第一个拥抱给了雪山
你来的时候　小脚冰凉
你把最后一个拥抱给了冰河

穿越荆棘纵横　你来了
你来的时候　红颜血墨
你把起笔给了桃花
你来的时候　绿鬓生苔
你把收笔给了银杏

你　温暖了高山流水
　　感化着大千世界
你　薄纱翩翩　烟柳青丝
　　滟波踏歌　珊珊而来

油画《春姑娘悄悄来了》（2014 年）

息

时常　有声音在叮咛
勿忘　心灵深处有个家
时常　有古人来托梦
归去来兮　请息交以绝游
是的　我谨记
我寻找风景中的　亭
我寻找生活中的　停
从这里　通往　梦的方向
梦　就隐匿在　心家

油画《息》（2016 年）

小时候

浮生　是一洼雨水

一张纸船　渡　一颗童心

长大后

浮生　是一江碧波

一艘画舫　渡　一湾风景

现在啊

浮生　是一片苦海

一叶扁舟　渡　一世苍凉

行过千重山万重浪

佛说四谛　度自己　度众生

油画《度》（2016 年）

沧海月明

是谁的泪

飘过千年　溅入我的眼眶

是谁的月

穿透千年　照进我的心门

是李商隐的"珠有泪"

是《锦瑟》里的沧海

你在千年的那头

我在千年的这端

你伫立月下

我浮游月上

我愿以胭脂轻笑　换你　满腔悲怀

油画《沧海月明》（2016 年）

梦里落红千片

是自在飞花　还是无情落红

我想都是生命里躲不过的

两场雨

浇注心房的两场雨

我想只要不是残垣断壁

多大的雨　不过是季节的一声问候

半世笑吟　半世嗟叹

人生如梦　一尊还酹江月

油画《梦里落红千片》 (2016 年)

虹

走上一块白布　我的笔

你的足迹　正好是我窗外的景

走入一扇景窗　我的眼

你的视线　正好　是一道彩虹

走在彩虹之巅　我的灵

你的高度　正好　是我的岁月

那些岁月里　倾盆的雨

那些岁月外　回照的虹

不再是庄严的七色光

那是诗人的梦田里　纷繁的心绪

我的灵　我的眼　我的笔

你可曾知道

你追索的虹　正好是我的泪

油画《虹》（2014 年）

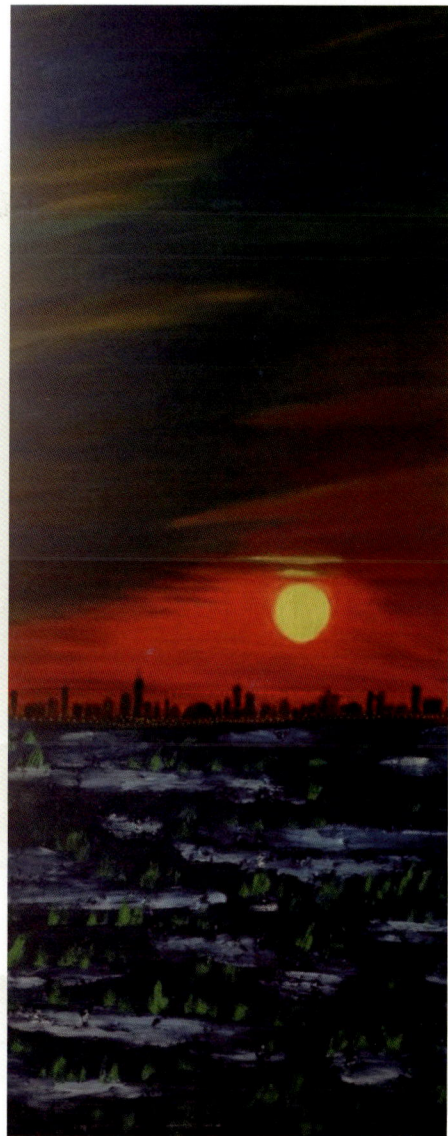

梦醒时分

鸡鸣已多时　启明星正渐渐隐去

山林中的云岚　也在一点一点地消弭

日诞的刹那　灰调的大地　开始悸动

只见　两匹狂羁的烈马

从厩舍脱缰而出

就在梦乡的边缘

被大地吸附　塑成浮雕

所有的爱恨情仇　于梦醒时分　定格

油画《梦醒时分》（2015 年）

圣境仙踪

这是紫微宫

这是紫微宫的后山　紫气缭绕

烟紫　黛紫　紫罗兰　还有薰衣草的紫

这里是紫色的乐园

这里是银河里的伊甸园

这里没有辨善恶果子　没有诱人的蛇

也没有上帝的监视

只有天帝皇族　与众神

山坡上

漫步的是一对　仙鹿眷侣

它们没有人类的语言　没有贪嗔痴

它们没有悲欢离合　更没有酸甜苦辣

它们不需要小说　来窥视别人的人生

它们不需要诗歌　来慰藉自己的灵魂

只有斜跨坡地的清溪　唱着远古的歌谣：

　　"宜言饮酒，与子偕老。

　　琴瑟在御，莫不静好。"

油画《圣境仙踪》（2016 年）

雪山之恋

是恋人　凝注亿万年的目光

是恋人　冰冻亿万年的躯体

是恋人　守候亿万年的圣洁

春天来了　你送我遍野的灿烂

春天来了　你送我苍穹的芬芳

春天来了　你送我寰宇的乐音

可是恋人

这一切都不及　我温热你时

你眼角　闪烁着的　一粒珍珠

油画《雪山之恋》（2016 年）

花月正春风

是哪一年的花

是哪一年的月

与　春风共乐舞

是 1997 年　还是 2002 年

抑或是 2004 年　2014 年呢

都不是

也都是

所有的美好　只在刹那

油画《花月正春风》（2016 年）

秋天的童话

秋天的童话　在森林里

走向森林的路好长好长

长得　无法抵达

秋天的童话　在云层里

登向云层的梯好陡好陡

陡得　难以企及

秋天的童话　在记忆里

回到记忆的河好难好难

难得　不可追溯

秋天的童话　只是童话

油画《秋天的童话》（2016 年）

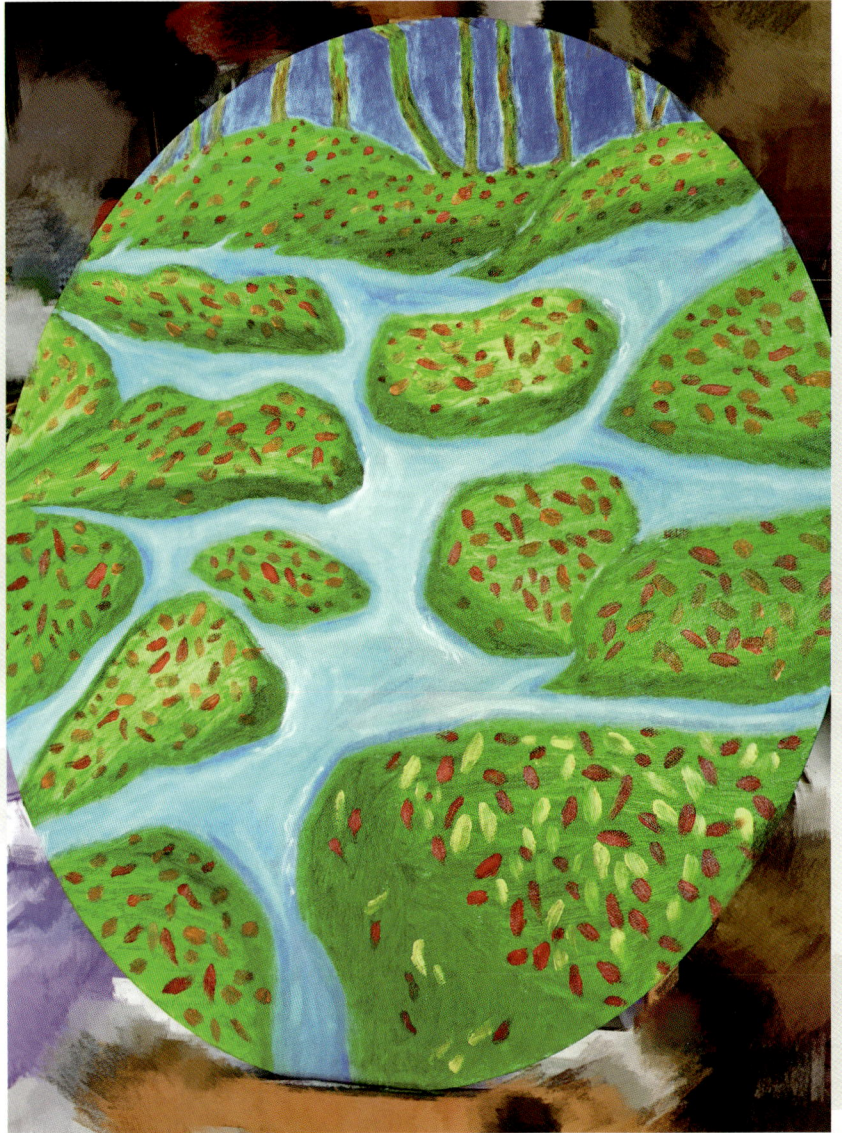

一个人的桃花源 诗画集

春

一个黎明追赶着一个黎明

我将黑夜攥紧在手中

就像布　黑黝黝的一卷布

我深怕它遮住　黎明的光明

一个春天追赶着一个春天

我将冬揣紧在兜里

就像炭　黑漆漆的一块炭

深怕它浸染　春天的春色

我追赶着我

无数的我追赶着无数的我

我将世界收藏于心底

我在酝酿千万个世界

来不及花开　是的　来不及

走过的地方　没有花朵

因为花王在　谁敢争妍

油画《春》（2013 年）

纯真年代

回忆童年　犹如赏品一枚琥珀

童年在里面　光阴在外面

一层一层　包裹着

虽然澄澈透明　却无法触及

将它串成吊饰　坠于胸前

将它镶入镜框　挂在墙面

将它雕作摆件　放置书案

将它磨成光源　嵌入灵魂

纯真年代

不只是回忆　不只是赏品

而是　鉴照

油画《纯真年代》（2014 年）

知性

面对镜子　我

一遍遍地　独白

"以知性示人"

"我将以知性示人"

收起笑容　我正襟危坐

演练　再重来一遍

时过境迁

年少的苍白　已灰飞烟灭

如今　欲说还休

宝奁尘满　一掬明月

油画《知性》（2014 年）

吉祥四象

一对阴阳鱼　孕育了
青龙　白虎　朱雀　玄武
四圣兽　盘踞东西南北
守卫着　天圆地方

四象　木　金　火　水
自然能量　相生相克
动静交替　化育万物
衍生出　五行　八卦

四象　青　白　红　黑
绘制出　华夏图腾
四象　春　夏　秋　冬
萌护着　季节的迁转

油画组画《吉祥四象》（2017 年）

仙风鹤影夕霞共

人说　一鸟之下
人说　万鸟之上
栖过　龙楼凤阁
享过　锦衣玉食

人说　闲云野鹤
人说　鸿俦鹤侣
栖过　把酒东篱
享过　清风明月

我们曾　比翼双飞
我们曾　鸾凤和鸣
只愿
生当复来归　死当长相思

油画《仙风鹤影夕霞共》（2016 年）

一世清缘

说好了　一起来堆个雪人
说好了　一起在雪地里写首诗
说好的所有　所有说好的
只因为　一颗柿子
搁浅

不就是一颗流浪的柿子吗
你如此好奇
好奇得　你
恨不得灌注整个生命去探究

你说　你依然爱着我
你说　我是你的唯一

真的吗
你如何知道是"爱"
你如何判定是"唯一"

你说　你可以发誓　毒誓
你说　你可以死给我看
你用刀割破了　胸膛
你说　你可以马上剜初心

你胸口的血
一滴　一滴　地
渗入　厚厚的雪层
我帮你包扎伤口　无语

北风　呼呼地吹

刀片一样切割着　我的肌肤
我望着邈远的天际　许久　许久

回到森林中的小木屋
壁炉里的火焰　在跳舞
一对部落男女　跳着部落的舞
我在烤火取暖
你自言自语道　那柿子多久会腐烂

油画《一世清缘》（2016 年）

我思故我在

有一种存在叫作　思考

对于存在的全面思考　有了哲学

纵观古今中外

所有的哲学家　都有一个共有的名字"我"

"我"的诞生　被世界托举于高空

谁诞生了"我"

谁养育了"我"

"我"又该何去何从

"我"存在于大存在

我的"我"就在这间小屋里

小屋　纵横于天地之间

油画《我思故我在》 （2016 年）

如果来生还做一棵树

与你邂逅　七点钟的火车

那时候的我　小树苗初长成

一心只想在风里飞扬　飞　扬

那时候的你　已经扎根于沙漠的栋梁

"一半洒落阴凉，一半沐浴阳光。"

当我知晓还有泥土中的安详

你却沧海桑田　倦返故里　涅槃重生

你的来生　真的还是一棵树吗

但我知道

我的来生　真的还是一棵树　一定

"向西逐退残阳，向北唤醒芬芳。"

独与天地精神　相往来

油画《如果来生还做一棵树》 （2016 年）

天涯无处不芳草

追逐　　长河落日

追逐　　大漠孤烟

追逐　　记得绿罗裙　处处怜芳草

追逐　　长风几万里　吹度玉门关

追逐　　枝上柳绵吹又少　天涯何处无芳草

旅行　即是　心灵的出走

一年中最灿烂的日子都在　路上

不是吗

可生活大多数是　行旅

行旅与旅行的差异是

一个是凹线　一个是凸线

凹凸有致　不就是生活的本质

油画《天涯无处不芳草》（2016 年）

去年夏天你为我歌唱

不知道你的故乡在哪里

北冰洋　印度洋　还是大西洋

我只记得

太平洋的海浪把你送到了我的眼前

那是一个叫黄金海岸的沙滩

那一年　那一天　那一刻

你在我耳边　唱着　我听不懂的歌词

但我知道　一定是诗　美丽的诗句

字里行间

有海豚的舞蹈

有海豹的哀鸣

有玳瑁的惆怅

有抹香鲸的叹息

有大白鲨的横槊

有北极熊的迷茫

你把关于海洋的一切　与我私语

是的　我懂　懂你

请让我们一起闭上双眼　合十　为海洋祈祷

油画《去年夏天你为我歌唱》（2016 年）

別低头，皇冠会掉

（一）

当你挺拔地　高高地
站在我的面前
你对我说　别低头　皇冠会掉

你的皇冠　来自海洋之花
世上宝物千万种　独稀珊瑚
绽放于深海的　正是你灵魂的幽谧

你不可阻挡地　成为我的王
除了我　你藐视蝼蚁的苟且
你的目光　利剑般横扫天下

（二）

每一次

站在时间的高冈

你说　我才是青春的不朽

每一次

站在人性的高冈

你说　我才是慈悲的佛陀

每一次

站在艺术的高冈

你说　我才是永恒的缪斯

每一次

站在伦理的高冈

你说　我才是正义的君主

每一次
站在情爱的高冈
你说　我才是自由的女神

（三）
无需向世人炫耀
也绝不取悦这个世界
更不必树立一座无字碑

在我的心海上　你沉鱼落雁　闭月羞花
在我的心海上　你凌波微步　罗袜生尘
在虚空中矗立　你万丈光芒　荣耀古今

你我珠玉合璧　雌雄同体　日月争辉
然而
我只是肉身　你只是附着于肉身的　一道光

油画《别低头，皇冠会掉》（2016 年）

天地人和

回到蛮荒

人类出现之前的 蛮荒

天 是 地

地 是 天

回到蛮荒

人类离去之后的 蛮荒

天 不再是 天

地 不再是 地

人类 只是过客

即使 无数个亿万年 也只是过客

道 才是 永恒的主宰

亘古不变的 主宰者

油画《天地人和》 (2016 年)

天地人和　那是关于道的传说

如果人不是人

如果人是　万象万物之一

那么　天地人和　方可称谓道的载体

一路馨香

在爱的路上　没有直达的快车
但凡直达　多为梦幻泡影

在曲折拐弯的地方　有深刻
深刻的故事　才能隽永

走过九曲十八弯
爱的征程　千里之行　始于足下

世上的路　千万条
唯有情感之路　馨香与共

油画《一路馨香》（2014 年）

她的窗

轻轻地　撩开藕荷色的纱

她的世界赫然展现

一夜的雨后　碧空如洗

又一朵玫瑰　开了

远方　粉红色的帆载着她的梦

从一个童话　驶向　另一个童话

她的梦很小

只是一个祈愿瓶

一个安静的祈愿瓶

如果玫瑰可以不凋零

如果叶可以常绿

她的心就可以永远　轻盈如云

她的梦很大
那是一个水晶城堡
装得下天空　容得下大海
没有尘埃　没有庸扰
她只是　守护玫瑰的天使
为每一个日出日落　祈祷

水彩《她的窗》 （2012 年）

工笔重彩《她的窗》（2018.2 合作）

圣境仙踪

——杨珊诗歌欣赏

胡进

　　杨珊艺名风儿，诗人文学家，同时是画家，她的太极功夫在国际上拿过大奖。穷尽我此前的人生经历，我还没见过这样文武精通的"高人"。我在中国作协的一次活动中认识她。打动我的不是她的年轻貌美，是她的知性和渊博，这自然来源于她的大量阅读和行路游历见多识广。她给我们讲述果蝇如何对空气质量的敏感，让我惭愧至今对果蝇的一无所知。

　　在当今诗坛，杨珊的诗是心灵的写照，是纯净辽远的星空。

　　杨珊的诗不是小女人无病呻吟的小爱，而是大爱，是神灵对俗世的观照，理智而又炽热。

　　杨珊诗的镜像里一枝一叶都具备着鲜活的生命，即便是面对荒冢仍见绿菊绽放！

面对好诗，点评是无能而又无力的。杨珊的诗犹如一道青山遮不住的洪流，奔腾到海不复回！

在《祭语风中》，诗人放飞着照耀大千世界的一盏盏孔明灯："那么多的话 / 那么多的愿望 / 来不及说 / 无从说起 / 伫立风中 / 我一次次地仰望天空 / 呼喊　呼唤　呼喊　呼唤 / 那一盏盏孔明灯 / 来自我的身体 / 从我咽喉　向外推送 / 这一盏盏孔明灯 / 不只是祈福寄语 / 而且是 / 许许多多放灯人的内心 / 无法疗愈的痛　无法抵达的愿"。

诗人放飞的不只是祈福，收获的是放灯人的内心世界。呼喊——是我们对现世的呼唤。呼唤——是唤醒未来。沉睡的心灵来不及诉说，又无从说起。诗人观照的不只是自己的内心世界，也是对众生的祝愿。

而《骑着云马看世界》更为读者展示了无限想象空间："就这样　我驾着你 / 一起看世界　俯瞰整个世界 / 我　只是一株兰 / 你　却是一匹马 / 我　静谧　幽闭 / 你　奔腾　不羁 / 我们将是最好的拍档 / 世界有多大　取决于你的蹄 / 世界有多美　就在于我的馨 / 云无心以出岫 / 鸟倦飞而知还 / 归去来兮桃花源"。

我一直以为外面的世界真精彩，当然外面的世界更无奈。诗人要天马行空，可是"我"只是一株静谧幽闭的兰。

诗人的视角很独特，我们正常的思维取向只是向日葵，杨珊分明让我亲见《向月葵》："梵·高用他的色彩／画下狂热而孤寂的向日葵／他的视界没有向月葵／他根本不知道它的存在／也没有人告诉他／甚至　上帝都未能给他启示／他注定献祭撒旦／向日葵是祭坛上的火焰／一团团地燃烧／而向月葵则是其灰烬后的重生／它是幽静　禅定"。

一直以为佛学是博大精深的哲学。很佩服佛家的"悟"。杨珊对人生对字对画都有自己的"悟"，所以她淡定幽静。她的淡定恰是"禅定"。十年前读南怀谨，他的讲义里有诸多佛学知识，那时候就觉得中国文学家能走向大家的，往往都精通佛学。李叔同自不必说，冯梦龙的作品里充斥着因果轮回的现世应报。

《有绿菊的月夜》，诗歌的意象出我意料，却让读者惊醒：

"没想到　还有绿菊　绿色的菊花／在那样的一个月夜／它和绣球　满天星　含羞草携手钻进我的花瓶／那个夜晚　我吹灭了蜡烛　切了蛋糕／那个夜晚　浓云遮月　秋风乍起／那个夜晚　送花人陪我放生

了一只刺猬／夜很深　林木森森　第一次涉足的荒地／走着　找着　就在最幽暗的深处／小刺猬　安全了　自由了／次日返回原地　惊愕不已／那一座座坟冢　吓我一身冷汗／……翌年　我最牵挂的一只老狗埋在了那里……"

　　读后让我惊惧。"那个夜晚　我吹灭了蜡烛　切了蛋糕"，显然这是"我"的生日蛋糕。而在秋风乍起浓去遮月幽暗深处，很自然地出现了绿菊和刺猬。它们是不期而遇的使者，在这本应是喜庆的秋夜，却找着了一座荒冢。狗在翌年埋在了那里。狗埋了，忠诚忠贞也随之而去。

　　一首《去日留痕》，文字还是那些简约的字符，情怀却是悲天悯人的大情怀。夫子自道，身在江河奔流，心在天地悠长。即便是无人知道的小草，也是心在天涯。

　　"逝者如斯夫　不舍昼夜／每一个人　每一个走过的日子／必然会留下痕迹／它与记忆　不同／记忆难免携带主观性／而那些　存在过的痕迹／总是　随即出现　随后消失／攒三聚五　纸片般遁入天地／只是生产者　鲜少自知／它们都去了哪儿／第几度空间／是一片波澜壮阔的

混元能量场吧 / 总在日升日降的时刻 / 完成诸种元素的　阴阳转换"

诗人的视界无比阔大，仿佛是用天眼观照尘世，在纷扰的世界里，有我们无法逍遥的混元能量。

倘若我们的步履是模糊的，那么我们的《背影》却是我们不可或缺的风景：

"行旅中　没有人可以同时看见自己的背影 / 生活中　又有多少人留意自己的背影 / 工作的你 / 赶路的你 / 观光的你 / 闲步的你 /……如此 / 你构成了浮世的形态 / 你成为了风景的一部分 / 其实　真正的意义也仅是一个思考 / '我'与宇宙的关系 / 你　抽离　你自己 / 你　审视　你自己 / 你获得了沉静　娴静 / 万物静观皆自得　四时佳兴与人同 / 可不　背对这个世界　从未有过的安宁"

浮世不是梦，是一只清晰的背影，万物的灵性与背影静静厮守，天人合一，物我两忘。被抽离被审视了的背影，却从未有过的沉静安宁。

我没有问过杨珊她读不读佛经，我想不必问。因为"觉悟者无处不佛堂，觉悟者无处不明光"。这一首《时间之谜》可看作是"超越轮回的存在"：

"宇宙之谜　成百上千／唯有　时间　关系人人／从出生到死亡　弹指一挥间／从死亡到出生　不解之谜／天　人　阿修罗　畜生　饿鬼　地狱／抑或　佛　菩萨　缘觉　声闻／超越轮回的存在／就潜藏在　浩瀚的　心性深处"

　　再看，《春姑娘悄悄来了》："跨越荒烟蔓草　你来了／你来的时候　小手冰凉／你把第一个拥抱给了雪山／你来的时候　小脚冰凉／你把最后一个拥抱给了冰河／穿越荆棘纵横　你来了／你来的时候　红颜血墨／你把起笔给了桃花／你来的时候　绿鬓生苔／你把收笔给了银杏／你　温暖了高山流水／感化着大千世界／你　薄纱翩翩　烟柳青丝／滟波踏歌　珊珊而来"。

　　这是一位何等神秘而又可爱的春姑娘。春姑娘来的时候，小手冰凉，小脚冰凉。因为姑娘来自雪山冰河，跨越荒烟蔓草，穿越荆棘纵横。春姑娘因了秋冬打压和摧折，既寂寥又疲惫，她还能珊珊而来。由此，杨珊为我们刻画了这么一位经历苦难却依然优雅高贵轻盈的"春姑娘"！可贵可爱的是，春姑娘用尽她所有的红颜血墨，"温暖了高山流水／感化着大千世界"这种大情怀、大胸怀，我想也是作者自己内在的一种写照吧。怎一个赞字了得!

诗人在另一首《春天的记忆》却给我们展现了春天与生俱来的"忧悒气质"。不是我谬托知己,我对春天的感觉也是这样,春天悄悄来临时,给我们带来春心荡漾,因而"春天与情殇结下不解之缘"。在我童年的记忆里,春天也给我们带来病菌,我的一位小学同学在春天里染上流行性脑膜炎,一朝而夭折,第二天我还在老师的办公室见到他整洁的作业本,批分为100,生命却滑入一个大大的零。从这个意义上,我理解诗人对春天的感觉,不知"是泪痕 泪滴 还是种种斑驳的泪迹"。

《一世清缘》哀而不怨的情绪深深地打动了我:

"说好了 一起来堆个雪人 / 说好了 一起在雪地里写首诗 / 说好的所有 所有说好的 / 只因为 一颗柿子 搁浅 // 不就是一颗流浪的柿子吗 / 你如此好奇 好奇得 你 / 恨不得灌注整个生命去探究 // 你说 你依然爱着我 / 你说 我是你的唯一 // 真的吗 / 你如何知道是'爱' / 你如何判定是'唯一' // 你说 你可以发誓 毒誓 / 你说 你可以死给我看 / 你用刀割破了 胸膛 / 你说 你可以马上剜初心 // 你胸口的血 一滴 一滴 地 / 渗入 厚厚的雪层 / 我帮你包扎伤口 无

语 // 北风　呼呼地吹 / 刀片一样切割着　我的肌肤 / 我望着邈远的天际　许久　许久 // 回到森林中的小木屋 / 壁炉里的火焰　在跳舞 / 一对部落男女　跳着部落的舞 / 我在烤火取暖 / 你自言自语道　那柿子多久会腐烂"。被烂柿子吸引的你虽然发着"毒誓"，受到侵害的我却并不歹毒，"我帮你包扎伤口　无语"。这无语胜过千言万语！这是诗人的"度"。诗人并不是"我"或者并非全"我"。诗人赋予"我"海一样的宽容大度，"我"仍然期待着一起堆雪人，一起在雪地里写诗。期许着森林中小木屋里的浪漫情调，相信那柿子即将腐烂，在壁炉火焰的映照下，"你依然爱着我"，"我是你的唯一"！

　　诗中的"你"用刀"割"破胸膛，"剜"出初心，并不让我觉得有多少血腥，因为"我望着邈远的天际"，感觉到了对方的真情。这就是诗人把握的"度"。

2017 年 9 月·安徽

诗意交融　才情四射

——浅析跨界艺术家风儿油画

李德金

　　如果不用时下流行的"跨界"这个说法，还真不好界定艺术家风儿的广泛涉猎。

　　首先她是一个才华横溢，情感深挚、真切的作家。有多部长短篇小说行世；还是一个著作颇丰的音乐词作家；同时还是一个能写出一手法度谨严、格调高华的精美篆书的书法家。更让人出乎意料的是，她还是一个屡屡在国际大赛上摘金夺银的太极高手……

　　然而，在这里我们要给大家呈现的是作为一个画家的风儿。

　　风儿似乎天生为艺术而来，整个生命状态极为纯粹！她的专注力是异乎常人的，当她拿起画笔时，一切仿佛都已消逝，世界只剩下她和内心幻化出的炽热的色彩线条互相交流。这是一种主客高度融合的状态，在这个状态里她无阻拦地倾诉她对人生世界独特体验，所以，面对她的画，迎头撞过来的一定是她那浓郁、热烈、真诚而毫无雕饰的、穿越人心的情感力量。

在当今画坛上，能这样把自己的情感这样精准地表达到这样强度的，罕有其匹！这是一种每一个画家都梦寐以求而往往求之不得的境界。

杨珊能似乎不费力地做到这一点，除了她非凡的艺术才华之外，可能与她为人处事的状态分不开，她为人单纯，朴素，自奉甚简，个性却也十分倔强顽强，柔情而又坚硬。

她无比关爱弱小的生灵，除应对生活的必需之外，她大量的心力都被用来关注改善小动物们的生存况遇上；她还发表过以呼吁大众关爱动物、珍爱生命为主旨的小说……

所以，风儿的油画透露出一种珍贵的人文关怀和饱满的情感以及对宇宙万物的哲学性思考。同时，她的作品也体现一种特有的文人情怀，这是身为作家的先天优势。她画出了自然本身的瞬息万变和神奇瑰丽，也流露出她的传统文化底蕴深厚和精神灵魂的伟力。她把中国的文化内蕴与西方艺术媒介有机交融，并不断地深入涤荡而形成自己的风格。这使她的油画更注重意象表达，注重一种人文的情调；而构图上用固定视点方法，选择某一景物的典型形态来表现，以达到文人画的韵味；其构图也十分简洁而独特，并借助于中国画的留白手法，以视觉原理来表述对象的微妙变化从而达到一种自我的艺术境界。

所谓非常人做非常事吧，她的艺术只有她做得出来，他人无法模仿。所以，她的艺术一经面世，就成为一道独特而靓丽的风景。

风儿油画《青青子衿》浅析

风儿的人体画没有将传统女性的美感作为关注点，为避免让观众产生曾经熟悉的妩媚、唯美的联想，她让画中人背过身去，除了使用强硬而又极富弹性的线条，她还用倒置的梯形表现女子的躯干，用夸张到近乎极限的圆形表现女子的臀部；使臀部丰硕得近乎膨胀，使其成为画面最突出的部位，却丝毫没有这个部位所最能表现出的肉感意味，让人感到的是一种强烈的情绪充溢其中；手的姿势像在挥别也像是召唤，当然还可能是强硬拒绝，摒弃什么。

几何形往往被作为表现镇定、理性的语言，但风儿却用得如此率意、任性。

整个画面给人以强烈的冷艳的美感，却被它的创作者安上一个温婉的名字——青青子衿。这显然又是一对矛盾。

把一对本来互相排斥的矛盾如此生动地协调在一起好像是风儿的一个特别的能力。她究竟要用以表达自己内心深处怎样一种迷思呢？恐怕观者难以完全解读。画面也因此有一股神秘色彩，让人过目难忘！

风儿油画《别低头，皇冠会掉》浅析

事实上，人类世界仍然是男权占绝对主导地位的。风儿以女性的特定视角用这张画表达了对女性当前生存状况的感受和思考。

一开始便不同的是：风儿在绘画观念上断然摒弃男性画家的审美立场。女性的柔美、顺从的形象似乎是她不愿看到的。在这张画里，她让她的女性像像丰碑一样挺拔在画面中央，肩膀与胸部被表现得丰满、开张，显示出旺盛的生命力和坚定的意志力。双手并拢，姿势优雅，从容；拉长的下肢使整个躯体有了明显向上顶的趋势，画面到此已经有了凛然不犯、大气端庄的气势；王冠又把这一趋势作了更进一步的强化。同时又因为处在这一趋势的顶端，王冠顺理成章成为全画最突出的符号。

王冠是权力的象征，作为一个有独立思想的现代女性，她似乎对现实世界到处充斥的男性霸权深感不适与不满，所以用这个符号表达出坚定、不屈的女性尊严！

她并没有让她的这份宣言书陷于生硬、古板中。她使用宁静优美的蓝色调，使这张画在她的众多作品中显示出少有的唯美倾向，这不只是宣言书，更是对现代女性的赞美诗！

在现实生活中，女性这种自尊自爱、独立自强意志，面临坚硬现实的碾压，往往不得不作出适度的调整。但风儿不，所以她用的题目是《别低头，王冠会掉》。

风儿油画《圣境仙踪》及《风鹤仙影夕霞共》浅析

风儿是个特立独行的女孩，闲暇之余，她喜欢一个人行走，把自己放进宽阔的大自然，让自己消融其中，聆听秋虫的低吟、草叶干枯断裂的声音……她喜欢在微风吹拂的无人的旷野，伴着小鸟的歌唱，一个人缓缓地打打太极，或安静坐着，望着天边的云彩纵情放飞自己灿烂的想象！

对于一个艺术家而言，丰富多彩的想象力和创造力比任何单一的技巧雕琢更重要。她是个跨界艺术家，在画面上玩弄技巧不是她的兴趣和关注点。她喜欢的是拿起画笔直接且毫不矫饰地触摸自己灵魂深处的感动，表达对至纯至美人生境界的深情歌颂。

《圣境仙踪》向我们展示的正是这样一幅浪漫、优美、纯真的画面：在远离尘世、如梦如幻、纯净的圣境里，除了黛紫色的群山，只有一条清澈的溪流在发出淙淙的清响，两只小鹿，两颗快乐、善良又无限亲近的心灵安详地徜徉在这个世界里。这是多么瑰丽多么令人神往的真爱之美啊！

如果说这幅画是一种紫罗兰色多少有些冷艳美的话，另一幅《仙风鹤影夕霞共》则呈现出截然相反的一种像火一样浓烈炽热的境界。在万丈红霞里，彩云横空，两只优雅的仙鹤款款飞向远方……作者对远离世俗的纯美爱情的赞美，对崇高精神境界的期许，在这幅画里面作了浓墨重彩的尽情抒发！而这与那些故弄玄虚、不着边际、不痛不痒的表达相比，风儿的表达何其直接，何其质朴，何其真诚，何其强烈！

此正是她的艺术与众不同处，她不炫技，也不屑炫技。一如她的为人，素面朝天，自然本真！

风儿油画《一世清缘》浅析

这是风儿又一幅借用传统文化元素作为西画创作题材的作品。喜鹊和柿子都是中国民间艺术中常用的吉祥符号。直观看去，画面上向我们展示的是一桩"喜事"，喜鹊的"喜"，柿子的"事"（同音）。但是风儿却用极为清冷孤绝的色调来表现"喜事"。这就有"看头"了！她到底想要传达什么意旨呢？回看题目《一世清缘》……也许你也触摸到了清水的冰凉和清风的灵力。人生中可能有很多缘分就是这种感觉：不深不浅，不近不远，不生不灭！可能是友谊，可能是爱情……这样的缘大概也只能用美学来释义吧。此画是风儿鲜少采用的构图模式，两只喜鹊相向聚合，柿子是引力也是引力中止的障碍。这或许正是造成"清缘"的因由吧……然而，画面背景象征天空的蓝和雪地的白无限邈远地融合，十分贴切地衬托渲染了前景的主题。天长地久是寄望，生生世世因缘际会……

风儿油画《独与天地精神往来》组画浅析

当今的中国乃至世界上的很多发展中国家，正处在快速转型期，工作、生活、环境、信仰、价值观等多方面都在发生快速的变化。人的心境变得浮躁混乱，充斥着种种抱怨。乡村的人背井离乡大规模奔向城市力图挣脱贫困的压迫，城市的人往往为逃离灯红酒绿的嘈杂而躲到偏僻的乡村寻找片刻灵魂慰藉，除了物质之外，更高的人生意义在哪里？什么才是更好的精神出路？这是当今的我们不得不面对却又一时难以找到的让自己从内心深处信服的现实问题。每个人的灵魂其实都有着孤独的本质，但是多数人感到的是寂寞从而寻找各种排遣的方式来填空。殊不知孤独感才是生命圆满的开始，懂得与自己相处才能懂得与世间万物相处。敏感细腻的风儿以她少女般纯净美好的情怀、以她个人在艺术哲学方面特有的冷峻视角，对这一坚硬沉重的问题委婉又强烈地做出了她自己的反应，于是就有了以古代著名思想家庄子名言"独与天地精神往来"命名的组画。四幅作品感性与理性并存，抒情与思考并重。画面依然是简洁的创作风格。

第一幅《我思故我在》，画的是静谧的天地间一栋小房子。她决绝地舍弃了一切，天空的表情也是灰暗冷静的，只有屋顶的深红色显示出作者的内心充溢着对物质世界的热情，这可能也是她对现实生活积极上进的表达。题目《我思故我在》来自西方哲学家笛卡尔的名言。放在当今大背景下读这幅画其实说什么都是多余。作者对当前人类生存状态的反思、对更高精神境界的真实追问、对心灵归宿的诗意探索等等诸方面表现得如此准确、凝练，有识之士自是一目了然。

第二幅《来生还做一棵树》，画面是藏青色的天空与土黄色的大地，一棵倔强顽强的老树傲然挺立。季节的更迭、岁月的洗礼、风雨的拷问，老树犹如一位智者或上师安然禅定，又仿佛是完成一种宗教仪式的圆满涅槃。作者取用这个题目，让人想起台湾作家三毛的一段话：

如果有来生，要做一棵树，
站成永恒，没有悲欢的姿势。
一半在尘土里安详，一半在风里飞扬，
一半洒落阴凉，一半沐浴阳光。

作者在画面的心声与三毛这段话所表达的意思的确有某种程度上的类似。但风儿内心的力量显然要坚毅、强大得多。你看她对绘画语言的选择：她用的是极端的对比关系，色彩是黄与蓝补色对比，形状是线面的对比。这种烈性的对比一般画家很难驾驭，稍有闪失便会失之偏颇，但风儿却拿捏得强烈而不失柔和，清亮而不乏宁静，张扬而蕴含内敛……最能透露个中信息的是天地之间的那一线曙光一样的白色，正是它的出现让画面由补色关系和强硬的线条所营造的紧张氛围得到恰到好处的调节，让画面出现温和的抒情。

第三幅《天涯无处不芳草》，有点让人忍俊不禁。紫红色的天空、芳草萋萋的原野、一辆奔向远方的车。主题是系列的，表现的是对心灵自由、对美好远方的憧憬，并无特别，但出人意料的是：人们司空见惯的、水平的地平线被画成弧形，车被高高地托起，显得如此生动有趣，一幅原本很容易落于平淡的画面就因这一神来之笔而显得别开生面。变直为弧的处理不仅拓宽了画面张力，也把气氛推向轻松欢快的顶点。同时也把车子的精神指向和盘托出。

第四幅《去年夏天你为我歌唱》，画的是一只造型别致的海螺，简洁单纯的柠檬黄开门见山似的让观者直接感受并联想到夏日的阳光铺满海滩的景象！每个人多少都有海滨度假旅游的经历，而发现贝壳、收藏贝壳是我们都曾有过的返璞归真的经验。生命不只是使用，还需要奖励。古人早就告诉我们什么是"忙"。"忙"就是"心亡"。然而生活是现实的，我们不可能永远处于度假的状态。那么请给记忆一个舞台，让那年夏天那一枚与你邂逅的海螺在灵魂深处为你歌唱吧。

风儿第一身份其实是一个著述颇丰的作家。也许是因为心灵世界

122

过于广袤，文字难以尽其言，因而选择美术语言来作为补充。她似乎有一种先天的表现性素质，激情高亢，具有高超的绘画悟性和异乎寻常的创作力和爆发力。所以，看她的画，内心会直观地受到强烈激荡，久久不去。

不记得是哪位美学家说过大意是这样的一段话：……社会就像一面镜子，在里面，我们哪怕只看到这个世界的一点蛛丝马迹，却因为是他个人的真实捕捉，从而能推导出那个时代的讯息，这个画家就是有价值的。

无疑，风儿的画作是品质极高的艺术品，也是记录我们这个时代的一份视觉文献！

2017 年 2 月·北京

明

——题青年诗人画家杨珊油画《明》

柏铭久

在太阳和月亮的睫毛之间
你那唯一的眼睛
千重花瓣的眼睛
望我

我　不是我
不　是我的光环
我是我的过去的
黑
衬托和拥抱

2017 年 7 月 12 日·上庄